瞬の間に

西村美智子歌集

青磁社

＊目　次

西村美智子歌集

瞬の間に

さるすべり

円陣の真中《まなか》に若樹のごとく立ち先生告げき赤紙とどくと

丸刈りのすがしき挙手の礼に降るさるすべり美《は》し　せんせい万歳

さるすべりここにも咲くと軍事便師の消息はそれで絶えたり

新任の訓導大陸帰りにてわが不器用をいたく憎めり

シナ兵刺殺の自慢話に泣きたれば訓導の鞭わが腿打ちき

訓導のヤレの命令一喝にクラスの児童われを襲いき

宙天にどろり昏き陽八歳のわれは砂場にたたされており

泣き明かしし八歳の夏枕辺にアンデルセンと未明座りき

かの夏ゆ八十年過ぎ米寿なり朝な朝なに朝顔は瑠璃

要介護認定されし帰り道娘誘えり猫遊ぶ園

よっこらとかけ声で乗る車椅子娘に押されなだりを登る

春の花なべて極まり車椅子万花かがよう向日葵にあう

爆撃の夢に覚めたる夜半の窓吠えかかりおり巨大台風

な忘れそかの戦争を　さるすべり葉月来たれば天染めるなり

特攻でありし白寿の人去ればデイケアに戦争の話絶えたり

彩輪まわる

薄明に灯の数ふえゆく街の涯《はて》みなとみらいの彩輪まわる

広場にて遊ぶ子供の声聞けばただ怖ろしや明日の戦争

わが票を入れたる人は常に落つされど投ぜん車椅子にて

わらべにて夾竹桃咲く道歩き振り向けば碧き六甲ありき

月光のあまねき広場男らが夜半に集いて狩るはポケモン

寂しさに耐え難ければ乙女子は見知らぬ街の秋を彷徨う

誘われて鬼の栖に乙女入りとわに寂しきしら骨となる

妖精の緑の爪のような芽をあまた吹きおり冬の紫陽花

高層のあわいを唸り嵐来る空襲思う生き残りたり

双子座流星群

眼瞑れば流星美《は》しき尾を引けりうつつに見えぬ双子座流星群

どこまでも落ち葉している小径なり車椅子の辺《へ》冬が香れり

落ち葉分け篁小径脱けし時巨大満月眼前に昇る

キャンパスに立て看犇めき街にデモインタナショナル響きし日はも

わが病めば必ず林檎すりくれき母は炊事を厭いておりしが

父祖棲みし京都松原月見町四百年経て父失いぬ

引揚げの最初の夏は飢餓炎暑知らぬ畑の腐れ茄子喰いし

新京極何に鬱々酔いしれて石甃に伏し泣きし父はも

風すさぶ四条の角の河原町父皺の手でビラを配りし

「うどんなら喰うで」が最後のことばなり握りし手より父冷えませり

「ユキ！ユキだ」かわたれに声それよりは夜をこめて降り横浜白し

豪雪に車もろとも埋《う》められぬうたかたの生十九でありし

凍りたる池に動けぬ白鳥を月ひっそりと照らしておりぬ

後北条の兵

土塁より樫の降らせしどんぐりが空堀一面茶色に埋める

後北条の兵籠もりけん中郭にいま母と子がボール投げ合う

ふたたびは咲くことなけん菜の花の畑茶色に掘り返されぬ

菜の花のひろごる金に群れていしカメラ持つ人いま影もなし

マンションが跡地に建つらし菜の花よ春の嵐に乗りて襲えや

回天に乗る兵たりし君

回天に乗る兵たりし君生きてデイケアに祝う九十三歳

訓練の日々が苛烈でありしゆえ死の怖れなど贅沢と笑う

独りにて魚雷操縦する夢の今に怖ろしと遠き眼差し

肩を越す筍みつけ香をかげば君のスマホがパチリと鳴れり

若葉道長く歩きて見つけたる藤棚花はどれも稚し

菜の花の迷路に幼なが迷い入りようやく出ればそこは戦争

新生の欅の若葉忘れざれ七十一年前五月三日の

行列があるから並ぶ若者よきみを待つのは檻かも知れず

去りし京

月映す大鏡のなか入らばや五歳のわれに逢いにゆくため

夕鐘の鳴り渡るなべ水苑のあやめかげ帯び青深くなる

友を捨て短歌を捨てて去りし京追憶のなか花が連なる

貧しき日小さな家に猫を飼い憶良の歌のごとく暮しき

売れ残り大人になれば殺される子猫遊べりペットの売り場

たった一本

封書さえ片手に重し十メートル先のポストに辿りつけるや

濁奔流さかまく街の屋根の上白き布振る男映れり

デイケアの小《ち》さき群にも閥ありて諍う窓に夕烏鳴く

転ばぬよう明日も無事にと別れたり君九十三われ八十七

荒草ゆ天にふれんと向日葵がたった一本丈たかく立つ

うちの人「怖いよサエ」と死んでもた皮剝げるほど手えさすったえ

デイケアの塗り絵の時間サエさんの黒朝顔に赤蜻蛉きた

暗き藻の叢

心身の異なる性にきみ生まれ今し生きゆく少年として

もも高く歩みし夏は前《さき》の世か濃き夕暮を雷が走れり

「あのころは」と語るを止めてわが友よ万花まばゆきこの夏を見よ

朝鮮の田は牛が鋤き日本の昔想うときみのメールは

白銀の微塵の魚の群のごと水面《みなも》に秋のさざ波が立つ

デイケアの白寿祝われ藤田さん回天訓練きのうと語る

同窓の学徒兵らの特攻死累々と負いて藤田さん白寿

かいぼりの後も残れる黒鯉が暗き藻の叢ゆらして泳ぐ

黒鯉よ藻のごとく〝ｉｆ〟繁茂するわれのこころを知ることなけん

ケアバスは「颯《そう》」と名前を大書して黄に染まりたる街を疾駆す

もろともに老いのなだりをゆくわれらケーキに湧けり桃源食堂

ザムザ葬りし後の家族の晴れやかさ

わが初の歌集編む人花浴びて訪ねくれたる今年暮れゆく

白き骨隊伍組むかと瞬おもう裸並木に皓々と月

ナチス台頭前夜のドイツ思うなりデモ騒然とパリを覆えり

ザムザ葬りし後の家族の晴れやかさ分かってしまう黄葉《おちば》散る午後

退職教師われの悪夢は採点のつぎからつぎと終らざるゆめ

逢いたしと言いつつ逢えぬ日重なりて娘さんより喪の葉書くる

六〇年安保のデモに腕組みし友なり死せり長く逢わざり

きみの訃を語りたき君も君も去り黄と茶に枯れし並木道ゆく

冬至はもあと何回を迎えんか紅肢の鳩がとことこ来る

少年が祖母と語らう日曜の桃源食堂春近きかも

スフィンクスの謎

近隣諸国と銃かまえ合う国に棲むこの閉塞感翼をください

幼ならの霊《たま》の哭き声きさらぎの氷雨にまじりふと聞こえくる

冬西陽荒潮となり部屋に満つわれはあぎとう老いたる魚

スフィンクスの謎は三本脚まででその後はなし車椅子漕ぐ

矜持すてし

スケートボードににぎわいし広場声消えて薄暮に白く梅一樹顕つ

矜持すてしと人は見るらん諸々と車椅子押され春をめぐれり

梅辛夷さくらを追いてもとおりし若きわれ顕つ歩けぬわれに

さくら花斜《なだ》りの上にきわまりてさだめなく散る車椅子の吾に

パーキンソン患うきみの震える手落日に散る花を受けたり

しばらくを逢わざれば無残衰えてなおも笑顔で繊き手を出す

家持は知ることなけん

とこしえの眠りはいずれくるものをひと夜のために眠剤を飲む

家持は知ることなけん自《し》が歌が自爆機送る歌となりしを

人気なき寺のなだりにしゃがの白ひしめきており寂しきかなや

ケアバスを降りし老いどち落日に影ながくひきバスに手を振る

白杖をつくきみ春を詠むときに春はうつつの春よりも美《は》し

寺院の日陰

平成も令和もしらぬ若き骨稚き骨が沖縄に老ゆ

祝令和日の丸銀座に充てりとぞ昭和初期にも充てりその旗

いつしかもタンポポ去りてどくだみとしゃがが競えり寺院の日陰

空壕をい行きもとおるわが影に紫陽花あまた首のべてくる

寺正午あじさい白く咲きみちて兵士のごとし墓碑の隊列

若き師

額田王の歌朗々と詠じたる教壇の師よ学生服たりし

生徒らの見舞いの花に囲まれて病床の師は万葉解きし

雨けぶる花舗に集まり女生徒ら病む師のために花購いき

ケア颯《そう》の玻璃戸のかなた行く人は腰を屈めて風かきわける

ケア颯の玻璃戸の内側老どちが体操をするかけ声若く

日盛りを二本杖にて一歩ずつポストに近づく歌稿出さめと

ポスト前ベンチに倒れこみたれば老槻《おいつき》の蔭われを抱きたり

ひめゆりの乙女の慟哭聞こえずや美ら海埋めて基地となす権力

レベル4

二本杖驟雨きたれば濡れるのみ傘持てざればただ濡れるのみ

台風のあらぶるなかに老いどちがそれぞれ部屋に息ひそめいる

わが臆病知る亡き友よ冥府より嵐に怯えるわれを訪いこよ

レベル4待避せよとう携帯よ動けぬわれは枕抱くのみ

台風の去りたるあとの雲赤し昭和の空襲あなたに続くや

月下美人

繊き指陰地に並ぶごと見ゆるいまだ蕾の曼珠沙華たち

もうええと書き遺したるサエさんは卒寿むかえて月目指し飛ぶ

月下美人開くをともに待ちし夜のほほえみ静かでありしサエさん

夜をこめて台風映すテレビ見るひとりのベッド地震きします

われよりも短歌《うた》うまかりし和子さんわれの稚きそねみを知らず

忘れざらめや

茜雲さわなる池に輪をつくり鴨らそろって逆立ちをする

米寿なれど難症あれどわれありと第一歌集旧友に送る

旗の波歓呼の声の遠景にヒロシマナガサキとわに炎す

国体護持と降伏遅らせ万の子を死なしめしかな忘れざらめや

防人を送り出したる海の辺《へ》にみなとみらいは賑わいにけり

おおけなしと友は笑えり車椅子でデモに出たしと昂ぶるわれを

朝なさな言葉かわしてきたる人秋霖しぶく真夜に逝きけり

硝子戸ゆきみの逝きたる部屋は見ゆ没《い》り陽音なくみちいる異界

認知症の夫喪《つま》いし友言えりほっとしている寂しけれども

光の滝

銀の眉の蔭に耀くまなこかな永田氏語りわれらは熱す

車椅子はるばる押され来しわれわれを天の氷花の富士山迎う

菜畑は涯《はて》までみどりわれらのみ望む遠富士しんしんと銀

逆光ゆ乳母車来る犬も来る冬陽を目指すわが車椅子

虹ふふむ雲を突き刺す富士黒し畑の小松菜風にうち伏す

葉陰よりまるき肩出す大根が果てなく並ぶ黒土《くろつち》の畑《はた》

妖精の乳房さわなる紅梅やかたえに光の滝のしら梅

百までは

ああしんど痛い痛いを繰り返し百歳こえて生きし母はも

攫われるごと逝きしかなわが母は訪うと約せし時待たざりき

百までは論文書くと枕辺に書籍並べて父は逝きたり

梅祭り果てたる東方天満宮花のひかりをきみと浴びいる

いくたびの白梅ならんきみと見る今日の白梅ひたぶるに見る

百歩のリハビリ

「惜別」に載りたる人らわれよりもみなわかきなり桜花開花す

野の花を蒐め土産と差し出しし孫オランダで医療機器売る

吊り橋をわたる足取りゆらゆらと床を歩みぬ百歩のリハビリ

マスクして老いら早朝コンビニに食購うと距離置き並ぶ

黄あやめの隊伍

卯月夜半部屋棲み蔦が蔓のばし巻き付く場所を探る気配す

百合の蕾薔薇の蕾も刎ねらるる日本列島コロナ拡がる

ひねもすを広場に群れる児の歓声涙ぐましもひとりし聞けば

シングルで児を育てているヘルパーさん若葉のひかりに包まれて来る

黄あやめの隊伍ぬければ蒼き池さらに黄あやめ、池を囲めり

死のことは死後わかるべし　きみが押す車椅子ふと望月に遇う

初産たまご

畑中に屋根赤あかと卵小屋「初産たまご」の幟はためく

基次郎の檸檬求めて丸善に共に群れしが皆逝きにけり

鴉の眼鋭《と》くわれを見据えたりまだ生きている突つくなよ、ゆめ

二十五歳シングルマザーのヘルパーさん児を語る時花になり笑む

ひたぶるに陽差し明るき皐月尽土手の紫陽花果てしなくふふむ

乾坤に富士

万緑の乾坤に富士顕つを見る車椅子押され登りし土塁ゆ

窓に凭り雨をこぎゆく傘を読む駅舎の奈落に落ち行くまでを

ひたぶるに六十年を党に生き君は今病む多系統萎縮症

六十年の党生活の書類はも西日に灼けて主《ぬし》入院す

ひな育《はぐ》む母鴨ちいさき胸そらし近づくわれをはたと睨みぬ

うみ越えてこの池に雛育ている鴨よ人より健気ならずや

蛇な誘いそ

灌木のか黒き闇ゆうねり来る蛇な誘いそわたしは媼

荒梅雨のあとの真空《まそら》のきらやかさ地上で人はコロナに怯ゆ

自転車をサンチョの驢馬よと乗りこなし君訪いたまう巣ごもりわれを

杉田から仲町台まで坂多し自転車ほむらとなる瞬あらめ

うつむきて爪きりくれるヘルパーさんうなじが百合のごとく匂えり

われもお河童きみもお河童

支えられ池のめぐりをもとおれば葉月の鴨が首伸べて見る

四条通りフランスデモで腕組みつわれもお河童きみもお河童

ななとせ過ぎれど痛み忘れざれ万朶の花に降りし催涙ガス

死の恐怖逃れんとして夜を徹しパンセ読みたり十八なりき

デイケアをひと夏包みいし蟬のはたと途絶えてオールボアア夏

自をおおいたる

日々メールきぞはくれたる孫なりき今は何処で秋を見送る

汝《な》が部屋におもちゃひろげし最後の日わが夢に顕つと知ることなけん

アダム・イブが自《し》をおおいたる広き葉の蔭に生《な》りたる無花果を食む

トトロ見せ笑いいる児を置きて来しヘルパーさんはシングルマザー

不器用なシングルマザーでありしかど働きながら汝《な》を育てたよ

労働歌

あらくさに陽の光さす七曲がりケアバスに揺れて急坂くだる

糸杉の秀先に刺され夕雲は傷受けしごと朱をましてゆく

若きらの歌わずなりし労働歌うたいし友ら過ぎて久しき

三百枚の答案採点せしかたえ泣き疲れたる娘寝入りぬ

「アララギ」に選歌されたるうたびとに病に貧に耐えし人多し

玉菜畠

捕る人も養う人も現れず冬のなだりに野良猫老いる

たたなわる屋根の彼方や折り紙のような畠に落暉のひくし

後北条の末裔住まう古屋敷茅葺き屋根が見し幾世代

ひとり暮らすヘルパーさんはうさぎ飼い啼かずまつわるいとしと語る

わが前に玉菜畠のおぎろなく風しろじろと渉りてゆくも

母よあなたも

親は皆むすこむすめに片思い　母よあなたもさびしかりしよ

コロナ疫高齢者より殺しゆく戦争越えて生きしわれらを

ヒトラーを選びし歴史語るとき涙ぐみたるアンゲリカはも

光浴びしゴッホの真夏はるけくて糸杉骨の隊列つくる

イル・フォルモサ蝙蝠集いし夕空をB29が真夜に埋めき

陳儀軍すがた見せれば「三民主義《さんみんちゅい》」われら合唱旧総督府前

白梅匂う

マンションも家も持たざる一生《よ》なりいまこの施設に白梅匂う

白梅も紅梅も空に咲き充ちて泪のごとく蠟梅の散る

万木のまだ萌えぬなかひとすじに河津桜が緋に流れたり

満開の白梅《しらうめ》の蔭椅子に座し生きるは楽しと弁当開く

夜のほどろに開きたるらめケアバスの行くてに今朝の辛夷列なす

白梅の花のひかりに見送られ紅梅は散る寺庭《じてい》を染めて

な憂いそ老いすすむこと千よろずの花引き連れて春はまた来ぬ

億万の蛍飛び交い霧出でて見し世は青し夢の覚めぎわ

車椅子に振り返りつつ見るさくら光の翼となりて遠しも

水の辺に群れ咲くむらさき寂しけれシャガのめぐりゆ春逝かんとす

満開の梅の特養に百歳の叔父逝けり万花のひかりにのりて

荒白妙の雲

わが幼時知る人今や皆無なり仔連れ軽鴨われに寄りくる

万緑の風池の面を吹き渉り白蓮の蕾すこし割れたり

落ちてゆく陽が池の面にわたしたる黄金の橋鯉が越えゆく

畑のはて荒白妙の雲聳え丹沢箱根富士を隠せり

奈良に逝きたり

きその風にさわに落ちたる梅の実をわが車椅子はじけり　匂う

そらみつ大和のくにを君は恋い奈良に移りて奈良に逝きたり

万葉に憑かれて君は奈良に棲み藤原宮趾に四季通いたり

君まかり庭藤波は盛りなり家持招き愛でよ宙《そら》より

フランソア船室仕様の喫茶室銅鑼待ちおりき女生徒われら

ひと日ずつ葉陰に茄子はふとりゆきあしたゆうべにむらさきは濃し

昭和十年

われよりも八年のちの子のあなた父の一生《よ》のまな娘《ご》でありし

小児喘息のわれを背負いて真夜駈けし父なりそれは昭和十年

呼吸困難に呻くわたしを「奇病です」医師に叫べる父若かりき

荒梅雨よわが白髪の顔を打て窓を開ければどくだみ匂う

アンはも

「あかんたれ」父に呼ばれしわれや今父の知らざる九十路《ここのそじ》生きる

ケム河畔で真白き柳絮を浴びながらオフィリアの狂演じしアンはも

マクベスのトゥモロウソリロキーを愛せしはグルジアのソーニャ恙なきや

掲げたるワインのかおり忘れざれケンブリッジに遇いし六人の友よ

誕生日

きりぎしにまた一歩寄る誕生日若樫に蟬轟《ほめ》きてやまず

曼珠沙華のあわいの石段登る人群れなす亀の背のごとくあり

わが部屋に王者の貌して滞在の蟷螂殿下不意に出立

電話より常より明るき声が告ぐ「伯母ちゃんわたし肺癌だって」

看護師の姪は自らの肺癌をよく知りおればわれは声呑む

呼吸困難吐き気なき日は庭の樹もかぐわしとあり姪のメールは

高層の全窓落暉映すとき街は異界と変り輝《て》るなり

3たす4は6

カラオケも麻雀もできぬわたしにてデイケアでにっと笑うのみなり

足踏みをしながら老いが答えおり3たす4は6と大声

白秋の「あいうえお謡」合唱す声をそろえてやらうべし老い

今は昭和ときみはひたすら信じいて「コウタイシサマオウマレナッタ」

参詣は突然の死を願うゆえわれより若き老女語れり

童女のまま

たわむれに母を長女と亡父《ちち》は呼び母は百歳童女のまま逝く

「書いてえな」母がねだれば父書きぬ「婦人の会」の発言原稿

いまもなおわれにあざやか朝まだき米研ぎし父眠りいし母

われ夢に大縄跳びをしておれば覚めて足腰痛みだしたり

孫二人便りの絶えて幾年ぞ結婚の噂知人より聞く

あらくさをわけて一本タンポポが背伸びし向かう冬の青空

投票欠かさず

十七歳こころ砕けてもとおりしかの哲学の道いまし雪

彼の岸に少女の貌で会いましょう第一高女橘短歌会

かの戦争忘るべからずと九十路《ここのそじ》車椅子にて投票欠かさず

基次郎が置きて去《い》にたる檸檬はや丸善もまた消失したり

シューマンと紫煙流れる茶房なりき『埃吹く街』に昂ぶりたるは

鉢に蔦そだてて暮らしおりしかどいつしかふっと渇いて枯れぬ

エクモに

鴨も鯉も夕べいつしか消えておりか黒き池をうすらい鎖す

父の書斎のアラビアンナイト隠れ読み性の伏字に迷いし十代

伏見、宇治と「赤旗」配りて幾年月君はエクモにつながれ伏しぬ

束の間の学生党員たりし吾の知らざる労苦に君燃え尽きぬ

引き揚げて京都四条の街角に初めて聞きしメーデーの歌

壕にひそみて哭きし

ウクライナ爆撃の像に蘇る壕にひそみて哭きし杳き日

一面に麦みのりたる黄の大地映画に見たるかのウクライナ

ウクライナ地下に潜める子ら死ぬなテレビは高き火焔を映す

並木さくら夕陽にふぶくすさまじさケアバスのわれらふと沈黙す

会えぬまま友はまた逝く辛夷咲き桃咲き春の押し寄せるなか

遠海《とおみ》より地底を地震伝いきてひとりのベッドを二回揺らせり

わが悲鳴闇の中に残りいて地震はひそと地下に戻れり

この春は

剝けばすぐ林檎の肌は色変わるわれに残る日いかほどなりや

イエス復活祝ううるわしき春の日にウクライナに死すみどり児も老いも

演習と信じていたと少年兵Z戦車の闇より顔出す

黄金なすひまわり畑ぬかるみの墓場となりてこの春は逝く

巨人ゴリアテよりユダヤ守りしダビデ王その冠は今ゼレンスキーに

「後世特別ノ御高配」は沖縄に基地つくることなりしか大田中将閣下

樹齢九十

ライフワークと短歌を言えばおおげさね趣味でしょと笑う施設の職員

うたびとは非力ぞとは師のことば九十にしてしかりと思う

五月の空異界に続くごと深し飛翔しきたれ十七のわれ

樹齢九十のわれは大きく枝ひろげ異界の十七抱きとめんとす

水奔る夢

音信の絶えたる友の数増えて青葉の夕べ山鳩が鳴く

デイケアの体操はたと静止せり赤き稲妻はしりたる瞬

ケアハウスの窓辺激しき雷雨来て老いらはみんな無口となりぬ

舗道うつ雨脚白くしぶきたり「帰れるやろか」と老い窓覗く

わが部屋を水奔る夢のつづきかな雨音激しく窓をうちおり

寡黙なる化学者

寡黙なる化学者なりし叔父白寿いま特養にしりとり遊びす

フルブライト交換学者の若き叔父抜錨に高く帽子をあげし

実験室と書斎往復の旅路果て叔父いま興ず風船バレー

特養に緋のバラ咲きて「長生きも悪うはないて」と白寿の叔父は

二年前逝きしきみ知らぬ未来なりコロナの猛威プーチンの暴威

安倍国葬反対デモの先頭に福島瑞穂涙ぐましも

七十七年

瀑布なし豪雨石段叩きおりテレビは叫ぶ我が街の名を

小さき町八百屋魚屋喫茶店濁流水位増しながら呑む

天と地を繋ぐ稲妻窓に見え介護バス内悲鳴が満ちる

コロナ禍で潰えしマックたちまちに更地となりて土鳩群れおり

敗戦忌戦時回顧のテレビ観つ七十七年戦争をしなかった！

手製銃より発射されたる弾二発魑魅魍魎が蠢き出たり

国葬反対のデモに切なく胸逸る九十一歳脚甦れ

彼の岸で

書棚いれ書斎のごとき病室で入院三年父は還らざりき

われ路地をパン屋探して彷徨いき父に「あんパン喰う」とせがまれ

『家族法』下巻書くぞと父は言いまた混濁に落ちゆきしなり

彼の岸で父に遇うたら言いやらん向こうではよう殴られました

こどもらのたまかもしれず蝶のむれコスモス畑をめぐりてやまず

身捨つる祖国

マグダラのマリヤのごとき友なりき多く愛して多く別れき

新しき恋人得るたび長電話指しびれるまで聞かされていた

あちらでもよき聞き役がいましたか君知らぬ世をわれ長く生きる

督戦隊に射殺されたる逃亡兵ロシア身捨つる祖国にあらず

ドローンがカミカゼと呼ばれいることを紅顔に散りし神風知らず

親に靴履かせてもらいし記憶なし今ヘルパーさんが履かせてくれる

ついに誰も羽ばたかざりし同人誌わが本棚で来《こ》ぬ明日を待つ

卵も割れず

薔薇の束抱く和さんに従いて師を見舞いたり女生徒のころ

師のために和さんは京料理つくりたりその頃われは卵も割れず

マンションの彼方に靡くコスモス群いつしか茜の雲が覆えり

息弾ませ君が押すわが車椅子なだり越ゆればコスモスの原

冬時雨の間に漕ぎ出す車椅子香りを立てぬあらくさ薙ぎて

ワーズワースの「水仙」

うな底の水漬くかばねは流涕す自爆ドローンたりし青春

まさやかに冬の銀漢夢に顕《た》つ　うつつに見しは昭和でありき

各戸より老いを預る介護車にわれも乗せられ向かうデイケア

われやすきガラス積むごと慎重にわれら届けに介護車巡る

トラックの車輪のかげで喚《よ》びいたる仔猫救いき冬時雨の日

夜毎わがむねにのぼりてふみふみをくりかえしたり老い病みてなお

タマと棲みし借家追われてきさらぎの街をめぐりぬ部屋をさがして

籠に啼くタマにベンチで言いきかす一緒に住む部屋必ず探す

ワーズワースの「水仙」吾《あ》が誦《ず》し生徒和し人生は美《は》し楽しと思いし

入院しかりそめの歩行器と思いしがそれより脚は歩行忘るる

群翔の鴉見送り旗巻きつ再軍備反対のデモ六十年むかし

わが人生おおかた尽きし日々にしてわれは聴くなり軍備の巨大化

晩鐘殷々

暗緑の苔生に砕けし蠟のごと蠟梅しどろに無住寺に散る

蠟梅はひとしれず散り紅白の梅はふふめどいまだひらかず

きみが撞く晩鐘殷々雲渉りわが車椅子に没日《いりひ》あかあか

さみどりの古墳もとおり万葉を語りし友ら春来れば偲ぶ

菜の花のわたくし児

菜の花のわたくし児やも白菜の芯に黄なる小花あらわる

黄のシャツの豆粒ほどの女の子鬼を逃れて菜の花に消え

チューリップ輝き群れる中に立ち要介護者は迎車をまてり

車椅子止めて見放《さ》くる畑の果て雪の消えたる青き富士見ゆ

医師きみが生の出口と死を言えば窓外滝のごとく花散る

花つぎつぎ散るたび人も去りゆきて年々歳々空間ひろく

青葉わけ

月よみのひかりあまねき松原に代々の医家祖父まで続く

人癒やすより天下癒やすとわが父は医家捨て法の道に進みき

風荒れて雨荒れて黒き川吠える日本国中テレビ映せり

あじさいの土手の夕映え見せたしと君は押す押すわが車椅子

あなにやしあじさいさわに土手に充ち夕映えひそと仰ぎておりぬ

青葉わけ段《きだ》から段へしぶきあげ滝は藍青の淵に泡立つ

わきし泪

「出て行け」と夜明けの電話は夫《つま》の声幾夜の不在重ねし後の

汝《な》が不器用も愛すと言われ妻となり三年経たる夜明けでありし

勤めより帰りしわれにはしゃぐ児の髪を撫ぜればわきし泪よ

無言電話なれどもおんなの息遣いわれは切なく受話器握れり

わが仕事わが子育てを支えしは姑《はは》よ一度も感謝伝えず

夏また逢いましょう

瞬の間に九十二歳になりましたあなにやし夏また逢いましょう

もつれたる人毛が飛ぶまぼろしは眼の病むならず脳病むなりと

ドストエフスキー愛せしわれは父母《ちちはは》に暗き娘とうとまれたりき

向日葵の黒き花芯を仰ぎ見て車椅子なるわれ縮みゆく

くちなわのごと

転《まろ》びたりくちなわのごと腹這いてベッドに行かな足萎えわれは

神風をふかせたまえと朝ごとに御真影おがむ女学生なりし

青年が自爆機に征く青空を胸ときめかせ見上げたる夏

突然に軍服脱ぎて背広着て現人神は人となりたり

デイケアにインソムニアの話弾む永遠《とわ》の眠りのことには触れず

あとがき

この『瞬の間に』は『邂逅や』に続く私の第二歌集である。私自身のこと、短歌とのかかわりについては『邂逅や』のあとがきに詳しく書いたので省略する。『瞬の間に』は二〇一八年一月から二〇二三年十二月まで「塔」誌上に選歌されたものを収めた。冒頭の「さるすべり」十五首は第21回NHK全国短歌大会で近藤芳美賞に入選したものである。『邂逅や』の時と同じく青磁社の永田淳さんにはたいへんお世話になった。ありがとうございました。

二〇二四年一月

西村　美智子

塔21世紀叢書第443篇

歌集　瞬の間に

初版発行日　二〇二四年四月二十五日

著　者　西村美智子
横浜市都筑区仲町台五－七－七－九〇八（〒二二四－〇〇四一）

定　価　二五〇〇円
発行者　永田　淳
発行所　青磁社
京都市北区上賀茂豊田町四〇－一（〒六〇三－八〇四五）
電話　〇七五－七〇五－二八三八
振替　〇〇九四〇－二－一二四二二四
https://seijisya.com
装　幀　野田和浩
印刷・製本　創栄図書印刷

ISBN978-4-86198-584-3 C0092 ¥2500E